ANDRÉ THEURIET

9553 40

LE BLEU

ET

LE NOIR

— *Poëmes de la Vie réelle* —

PARIS

ALPHONSE LEMERRE, ÉDITEUR

27-29, PASSAGE CHOISEUL, 27-29

M DCCC LXXIV

LE BLEU ET LE NOIR

DU MÉME AUTEUR:

LE CHEMIN DES BOIS, poëmes couronnés par
l'Académie française. (*Épuisé*.)

JEAN-MARIE, drame en un acte, en vers; 2ᵉ édit.

NOUVELLES INTIMES.

Paris. — Imprimerie de J. CLAYE, 7, rue Saint-Benoit. — [1352]

ANDRÉ THEURIET

LE BLEU

ET

LE NOIR

— Poëmes de la Vie réelle —

PARIS

ALPHONSE LEMERRE, ÉDITEUR

27-29, PASSAGE CHOISEUL, 27-29

M D CCC LXXIV

AU LECTEUR

Mon livre est comme un ciel peu sûr
Où les brumes au vent bercées
Laissent, par d'étroites percées,
Entrevoir de doux coins d'azur.

Désirs, regrets de l'âge mûr,
Rêves bleus et noires pensées
Croisent leurs ailes nuancées
Dans ce mobile clair-obscur.

Parfois, comme une brève aurore,
Un souvenir d'amour colore
Le ciel nuageux et profond;

Un moment... O féerie! ô charmes!
Tout s'éclaire... Puis tout se fond
En un brusque orage de larmes.

INTÉRIEURS ET PAYSAGES

LA GRAND'TANTE.

A André Lemoyne.

Dans le calme logis qu'habite la grand'tante
Tout rappelle les jours défunts de l'ancien temps :
La cour au puits sonore et la vieille servante,
Et les miroirs ternis qui datent de cent ans.

Le salon a gardé ses tentures de Flandre,
Où nymphes et bergers dansent au fond des bois ;
Aux heures du soleil couchant, on croit surprendre
Dans leurs yeux un éclair de l'amour d'autrefois.

Du coin sombre où sommeille une antique épinette,
Parfois un long soupir monte et fuit au hasard,
Comme un écho des jours où, pimpante et jeunette,
La grand'tante y jouait Rameau, Gluck et Mozart.

Un meuble en bois de rose est au fond de la chambre.
Ses tiroirs odorants cachent plus d'un trésor :
Bonbonnières, flacons, sachets d'iris et d'ambre
D'où le souffle d'un siècle éteint s'exhale encor.

Un livre est seul parmi ces reliques fanées,
Et sous le papier mince et noirci d'un feuillet,
Une fleur sèche y dort depuis soixante années :
Le livre, c'est *Zaïre*, et la fleur, un œillet.

L'été, près de la vitre, avec le vieux volume,
La grand'tante se fait rouler dans son fauteuil...
Est-ce le clair soleil ou l'air chaud qui rallume
La couleur de sa joue et l'éclat de son œil ?

Elle penche son front jauni comme un ivoire
Vers l'œillet, qu'elle a peur de briser dans ses doigts :
Un souvenir d'amour chante dans sa mémoire,
Tandis que les pinsons gazouillent sur les toits.

Elle songe au matin où la fleur fut posée
Dans le vieux livre noir par la main d'un ami,
Et ses pleurs vont mouiller ainsi qu'une rosée
La page où soixante ans l'œillet rouge a dormi.

UNE NUIT DE PRINTEMPS.

I.

Paris s'endort. — Les nuées
Par un vent frais remuées
S'éparpillent dans les airs;
Sous leur brume pâle et fine
La lune en manteau d'hermine
Plane sur les quais déserts.

Là-bas, comme une âme en peine,
Une créature humaine,
Bras nus, les cheveux au vent,
Passe morne et désolée...
Là-bas, dans la contre-allée,
Près d'un grand mur de couvent.

Un jet de gaz l'illumine :
Sa tête est presque enfantine,
Mais à la molle rondeur
Des seins gonflés sous la bure,
On devine qu'elle est mûre
Pour l'amour — et la douleur.

Les mains sur son sein pressées,
Les paupières abaissées
Sur des pleurs lents à jaillir,
Debout, au bord de la route,
En elle-même elle écoute
Quelque chose tressaillir.

O mystère! quelque chose
Qui palpite, vie éclose
Dans l'être déjà vivant...
Ses mains ont dans ses entrailles,
Comme le grain des semailles,
Senti germer un enfant...

Paris dort, — et dans les arbres,
Dans la mousse des vieux marbres
Et les jasmins des balcons,
On entend frémir la séve ;
Mai, sur la ville qui rêve,
Répand ses charmes féconds.

Dans la nuit tiède et clémente
Où tout fleuronne et fermente,
Un cri d'angoisse est monté.
Là-bas, sous la sombre allée,
Une pauvre désolée
Te maudit, fécondité !

O moment béni des mères,
Minutes douces et claires
Où l'incertitude a fui ;
Heure où la jeune épousée,
La main sur son flanc posée,
Tressaille et se dit : « C'est lui ! »

1.

Heure limpide et sereine,
Ta voix dans cette âme en peine
N'éveille que le remord.
Cheveux au vent, tête nue,
Elle accueille ta venue
Avec un salut de mort...

II.

Le rossignol chante. — O tristesse,
Amertume du souvenir,
Quand l'amour dans la brume épaisse
Plonge pour ne plus revenir !

Elle écoute et son cœur palpite...
Les sons dans les arbres du quai
Montent ; le passé ressuscite,
Par ce chant nocturne évoqué.

Elle voit les vergers pleins d'herbe
Et l'ombre des pommiers en fleur
Où l'amoureux, le front superbe,
L'entraînait d'un geste vainqueur.

Étreintes, lèvres confondues,
Baisers longuement savourés,
Soupirs mêlés aux voix aiguës
Des cigales parmi les prés;

Tout lui revient à la mémoire,
Tout, jusqu'à la chanson d'amour
Que l'amant, fier de sa victoire,
Fredonnait gaîment au retour.

Hélas! au long du quai sonore,
Tandis qu'elle erre à l'abandon,
A qui la redit-il encore,
La folle et trompeuse chanson?

Mène-t-il une autre amoureuse
Sous les ramures des halliers,
Tandis qu'elle descend, peureuse,
Les degrés des noirs escaliers?...

. Elle arrive à la pente obscure
Où brusquement le mur finit...
Voici la Seine qui murmure
Entre ses berges de granit.

Les feux rougeâtres des lanternes,
Par un souffle tiéde agités,
Sur les eaux profondes et ternes
Croisent leurs tremblantes clartés;

Dans la rivière illuminée   .
On dirait les reflets joyeux
D'une fête étrange donnée
Par des hôtes mystérieux...

Le rossignol chante, — et plaintive,
L'onde roule et frémit tout bas...
La pauvre fille sent l'eau vive
Baigner tendrement ses pieds las.

L'oiseau dit les amours menteuses
Et le bonheur enseveli ;
Les flots avec leurs voix berceuses
Parlent de sommeil et d'oubli.

Oh! l'oubli, la fin de l'épreuve,
Et, sur un lit de frais cailloux,
Dans les molles herbes du fleuve,
Un sommeil éternel et doux!...

Au bruit d'une chute soudaine
Un sourd jaillissement répond,
Et l'onde, qui bouillonne, entraîne
Un corps sous les arches du pont.

NEIGES D'ANTAN.

A Jules Levallois.

La maison dort non loin du quai bordé de mâts.
Son étroite façade aux fenêtres gothiques
Découpe sur un ciel tout chargé de frimas
Les gradins dentelés de son pignon de briques.

Le logis est bien clos. Dans l'ombre du parloir,
Deux vieillards, deux époux, sont assis devant l'âtre,
Et, perdus à demi dans un doux nonchaloir,
Ils rêvent aux lueurs de la braise bleuâtre.

Autour d'eux est rangé l'antique mobilier :
Rideaux fanés, miroirs ternis, dressoirs de chêne.
Dans cet encadrement sévère et familier,
Leur vieillesse apparaît lumineuse et sereine.

Le vent souffle, la neige au murmure léger
Palpite comme une aile à la vitre sonore...
Les époux, en voyant les flocons voltiger,
Sentent dans leur mémoire un souvenir éclore;

Un souvenir d'amour et de jeunesse en fleur...
« Femme, dit le vieillard avec un clair sourire,
Ainsi neigeait le ciel quand je t'ouvris mon cœur... »
Et l'épouse, levant son front ridé, soupire :

« Je m'en souviens toujours... Je revois le chemin,
Je crois entendre encor siffler parmi les branches
La bise de janvier qui bleuissait ta main
Et sur tes cheveux noirs semait des taches blanches.

— Moi, je te vois encor glisser sur le verglas.
Rude était le sentier du bourg jusqu'à la ferme,
Déjà tu semblais lasse, et je t'offris mon bras;
Mais mon cœur tremblait fort, si mon bras était ferme !

« Serrés l'un contre l'autre, émus, silencieux,
Nous marchions; j'admirais au travers de la neige
La rougeur de ta joue et l'azur de tes yeux,
Et je songeais tout bas : Par où commencerai-je?...

— Moi, je pensais : Voyons s'il me devinera...
Et je baissais mon front pour t'empêcher d'y lire.
Pourtant, lorsqu'à nos yeux la ferme se montra,
Nous nous étions compris sans presque rien nous dire. »

Et le vieillard sourit de nouveau : « Nos amours
Ont vécu cinquante ans ; les printemps dans leur gloire
Et les étés féconds sont passés, et toujours
Ce souvenir d'hiver chante dans ma mémoire.

— O cher homme, sur nous la vieillesse a neigé,
L'âge nous a blanchis, comme autrefois le givre ;
Mais la robuste fleur de l'amour partagé
Embaume les instants qui nous restent à vivre.

« Nous marcherons tous deux jusqu'au bout du chemin,
Et quand nous atteindrons la cime solennelle,
Puissions-nous, côte à côte et la main dans la main,
Descendre ensemble encor dans la paix éternelle !... »

L'aube heureuse des jours anciens semble flotter
Sur les deux vieux époux replongés dans leur rêve.
Perçant la nue épaisse et comme pour fêter
Leurs noces d'or, un pâle et doux soleil se lève.

Un pâle et doux soleil argente leurs cheveux,
Et le vent qui s'engouffre au fond des cheminées,
Le rude vent d'hiver, s'attendrissant pour eux,
Murmure les chansons de leurs jeunes années.

VEILLÉE D'AUTOMNE.

Une lampe de nuit, tremblante, éclaire à peine
La chambre des époux et le grand lit de chêne
Où, seul, le vieux mari dort d'un sommeil pesant.
La jeune femme veille, et la lune, en glissant,
Pâle, sous les brouillards légers d'un ciel d'octobre,
Indique vaguement la forme svelte et sobre
De son corps délicat penché sur le balcon.
Pensive et les regards tournés vers l'horizon,
Elle veille; un frisson d'amertume et de fièvre
De son sein palpitant monte jusqu'à sa lèvre,
Et sous leurs cils épais ses beaux yeux bleus mouillés
Scintillent. — Au dehors, dans les tilleuls rouillés

De l'allée où sanglote un jet d'eau monotone,
Dans le parc imprégné des senteurs de l'automne,
Le vent pluvieux dit les funèbres chansons
Des printemps disparus et des mornes saisons;
Mais plus funèbre encore est le chant de détresse
Qu'en son cœur tourmenté l'épouse entend sans cesse :

« L'homme et ses lois, le prêtre et son rite banal
En vain à ce vieillard ont enchaîné ta vie,
La nature n'a point béni le joug brutal
Qui pèse lourdement sur ton âme asservie.

« Pauvre femme! les fleurs des chemins ont pleuré
Quand l'époux t'emportait, joyeux, dans son carrosse,
Et les étoiles d'or au fond du ciel navré
Ont pâli de douleur pendant ta nuit de noce.

« Les joyaux ruisselants et les bals aux doux bruits
Ont un instant leurré ta jeunesse distraite;
Mais tu sais maintenant de quelles tristes nuits
Et de quels jours amers ta destinée est faite.

« Les rapides printemps et les hivers sans fin
S'amasseront, pareils à la neige qui tombe ;
Tu resteras liée à ce vieillard chagrin,
Tes fers ne s'useront qu'aux pierres d'une tombe.

« Les ans fuiront dans l'ombre, ainsi qu'à l'horizon
Se perd un vol confus de cygnes en voyage,
Et toujours tu seras murée en ta prison,
Sans enfants, sans amour, sans but et sans courage ! »

Toujours !... Les sons cruels de ce terrible mot
S'échappent de sa lèvre avec un long sanglot,
Et son cri désolé monte vers les cieux calmes...
Les saules du jardin bercent comme des palmes,
Lentement, mollement, leurs rameaux encor verts,
Et les fleurs des soleils expirants, les asters,
Les chrysanthèmes d'or, les passe-roses frêles
Se penchent comme pour se répéter entre elles
Le mot désespéré qui passe dans la nuit ;
Et puis tout se rendort, et seul, le faible bruit
Du jet d'eau retombant dans sa vasque rustique
Vibre comme une tendre et limpide musique.
La nature a gardé, même aux jours du déclin,
Sa suprême harmonie et son rhythme divin ;

Une pâle vapeur flotte sur l'avenue,
Et la lune, à travers les blancheurs de la nue,
Brille comme un signal tendre et mystérieux;
Un doux flambeau d'amour semble éclairer les cieux.

L'amour!... Ton sein tressaille à cette seule idée,
Blonde épouse, et ton âme en est tout obsédée...

Elle écoute, songeuse, et le vent dans les bois
Semble l'écho lointain des orageuses voix
Qui gémissent au fond de son âme incertaine...
Le vieillard dort toujours dans le grand lit de chêne,
La lampe tremble encor sous son globe argenté,
Et l'épouse frissonne et sent sa volonté
Flotter comme la flamme au gré des brises folles.
Les pensers généreux et les chères idoles
Qui faisaient son orgueil; — le loyal dévoûment,
Le douloureux devoir accompli fièrement,
Les serments à tenir et l'honneur à défendre,
Elle sent tout cela tomber et se répandre,
Comme à l'automne on voit les brouillards suspendus
Se dissoudre, et soudain sur les champs morfondus
Verser en longs ruisseaux leurs larmes glaciales...
Et le doute, pareil aux plaintives rafales

Qui tordent en passant les arbres des forêts,
Le doute, de son cœur, arrache les regrets,
Les résolutions héroïques et fortes,
Et les disperse au loin comme des feuilles mortes.

EN BRETAGNE.

I.

L'ALLÉE DE PLOA-RÉ.

De l'église jusqu'au calvaire
Un chemin sinueux conduit,
Des arbres à mine sévère
En ombragent le long circuit :

Chênes robustes qu'on ébranche,
Noirs châtaigniers au front chagrin,
Trembles gris dont la pâleur tranche
Sur un ciel d'un bleu tendre et fin.

Les trembles ont subi l'atteinte
De l'âpre souffle de la mer,
Et leur léger feuillage teinte
De ses tons blancs le gazon vert.

Sur les champs plus calmes, l'automne
Met déjà sa couronne d'or,
Et son approche lente donne
Aux choses plus de charme encor.

Les glands mûrs que sèment les chênes
Sur l'herbe tombent mollement,
Dans l'air pur les cloches lointaines
Répandent plus d'apaisement.

Des génisses blanches et rousses
Contre la croix frottent leur cou,
Un pâtre mêle à leurs voix douces
Les sons grêles du biniou.

Le jour meurt dans l'oblique allée,
Et la pénétrante senteur
Par ce soir d'automne exhalée
Me met de l'amour plein le cœur.

II.

LES PAYSANS.

Vêtus de la veste et des braies,
Coiffés du grand feutre breton,
Ils défilent au bord des haies,
Les jours de foire ou de pardon.
Mentons ras, longues chevelures,
Maigres et le regard pensif,
Ils vont, — et l'on songe aux figures
Naïves de l'art primitif.

L'étranger craint leurs airs sauvages.
Pour l'éloigner de leurs chemins,
Hommes des terres, gens des plages,
Clercs, laïcs se donnent les mains.
Ainsi leurs bœufs parmi la lande
Mettent en cercle leurs fronts roux,
La nuit, pour menacer la bande
Affamée et fauve des loups.

L'étranger, c'est le trouble-joie ;
Dès qu'il entre dans le courtil,
L'enfant s'enfuit, le chien aboie,
Tout le logis semble en péril...
Mais les hommes des Cornouailles,
Pour chasser l'hôte redouté,
Dressent contre lui deux murailles :
— Leur langage et leur pauvreté.

Sur les routes, quand ma pensée
A leurs rêves veut se mêler,
Elle s'en revient repoussée
Sans pitié par leur dur parler.
Leur âme est comme un sanctuaire
Au pied des grands dolmens couché ;
Le flambeau muet qui l'éclaire
A tout œil profane est caché.

Rude est l'accueil, âpre est la bouche,
Mais les cœurs ne sont pas méchants.
Ce peuple, avec son air farouche,
Est pareil aux ajoncs des champs :
Si la tige est pleine d'épines,
La grâce imprègne les fleurs d'or ;

Sous vos haillons et vos ruines,
Bretons, l'idéal chante encor.

Aussi je t'aime, race-forte !
Et je me dis en t'admirant :
« La Gaule entière n'est pas morte
Sous l'éperon vainqueur du Franc ;
Dans ces jeunes gars aux corps sveltes,
Dans ces vieillards aux longs cheveux,
Bouillonne encor le sang des Celtes... »
— Et mon cœur s'élance vers eux.

III.

LA LANDE SAINT-JEAN.

A Emmanuel Lansyer.

Le site est simple et grand : au fond, s'enfuit la lande,
Silencieuse et verte ; au bas, gronde la mer ;
Entre elles deux se dresse une âpre et longue bande
De rocs gris ; tout en haut, rit l'azur d'un ciel clair.

2.

La lande a les fleurs d'or de l'ajonc pour parure,
Et pour hôtes les blocs épars des vieux men-hirs
Qui conservent dans l'herbe une fière posture,
Mystérieux gardiens des lointains souvenirs.

La mer au large étend ses eaux calmes et bleues
Où glissent, voile au vent, les barques des pêcheurs ;
Elles passent et l'œil les suit pendant des lieues,
Jusqu'à l'horizon blanc tout noyé de vapeurs.

Dans l'air plane en criant une pâle mouette ;
Sur terre, seul, un pâtre apparaît au penchant
D'une crête, et l'on voit grandir sa silhouette,
Noire, sur la rougeur intense du couchant.

La lande solitaire et la mer infinie,
Les rocs gris et le ciel plein de sérénité,
S'accordent pour former l'austère symphonie
De la grandeur unie à la simplicité.

IV.

DOUARNENEZ.

A Alexandre de Bertha.

Les blancs logis qui font la haie
Mirent leurs façades le soir
Dans les eaux vertes de la baie ;
Là, les enfants viennent s'asseoir.

Pieds nus, montrant leur peau hâlée
Sous leurs haillons effiloqués,
Ils tiennent leur haute assemblée
Sur les noirs escaliers des quais.

On les voit en troupe serrée
S'épandre, grouillants, mal vêtus,
Et l'on se dit que la marée
A de singulières vertus...

Ils pullulent. Leur vie est douce :
Pas d'autre école que la mer ;
Ici, jusqu'à ce qu'il soit mousse,
L'enfant n'a pas un jour amer.

Les aînés, aux têtes coiffées
Du béret, le coude au genou,
Tirent gravement des bouffées
Du fond de leurs pipes d'un sou.

Les petits, — blonds, mines charmantes, —
Ouvrent tout grands leurs beaux yeux bleus
Et lorgnent les pipes fumantes
Avec des regards amoureux.

Parfois la houleuse marmaille
Part d'un fou rire aux longs éclats,
Et de cris joyeux la muraille
Retentit du haut jusqu'en bas...

Cependant maint bateau de pêche
Lentement vers le port descend,
Et les avirons sur l'eau fraîche
Font un sillon phosphorescent.

L'ombre croît, la brise marine
Apporte des exhalaisons
De goëmon et de sardine ;
L'odeur forte emplit les maisons.

Et quand tout dort, plage et campagne,
On entend encor dans la nuit
Les rires d'enfants qu'accompagne
La mer, de son éternel bruit.

V.

LE PARDON DE KER-LAZ.

A Jules Breton.

A travers les ormeaux, un ciel de couleur grise
Éclairait finement la pelouse et l'église
Où l'office avec calme et ferveur s'achevait.
Les femmes au portail, les hommes au chevet,
Sur l'herbe agenouillés, égrenaient leurs rosaires,
Tandis que dans la nef les chantres aux voix claires

Psalmodiaient en chœur. Le parvis était plein.
Les gens de Plô-Nevez et ceux de Châteaulin
Étaient venus, parés de l'habit des dimanches.
Les femmes avaient mis leurs neuves coiffes blanches
Et les enfants dormaient, aux jupes accrochés.
Les mendiants aussi, sur leur bàton penchés,
Arrivaient à la file et d'un ton lamentable
Présentaient aux passants leur sébile d'érable ;
Et sous l'épais abri des vieux chênes rêveurs
Le cidre et le vin frais attendaient les buveurs.
Soudain dans le clocher tout revêtu de mousse
La cloche lentement éleva sa voix douce,
Et chacun fut debout. Les bannières flottaient
En avant ; chapeau bas, les hommes les suivaient ;
Puis venaient deux tambours, vieilles têtes ridées.
Leurs longs cheveux tombant sur leurs vestes brodées,
Ils allaient, le front haut et le pas mesuré,
Et tous deux ils battaient avec l'air inspiré
Une marche à la fois héroïque et pieuse.
Derrière s'avançait, dans sa robe soyeuse,
La Vierge au lis doré, que portaient en tremblant
Deux filles aux yeux purs, au front voilé de blanc...
Ainsi coupant le ciel de sa ligne sévère,
L'humble procession montait vers le calvaire,

Et la cloche tintait au loin, et les tambours
Aux cantiques mêlaient leurs roulements plus sourds...
C'était religieux, agreste, simple et grand,
Beau de cette beauté naïve qui vous prend,
Vous serre et d'un coup d'aile à l'Idéal vous porte.
Comme un doux revenant, je sentis la Foi morte
Se lever dans mon cœur, et vers mes yeux soudain
Portant les doigts, je vis des larmes sur ma main.

VI.

LE VALLON DE TRÉBOUL.

A deux pas de la mer qu'on entend bourdonner,
Je sais un coin perdu de la terre bretonne
Où j'aurais tant aimé, pendant les jours d'automne,
    Chère, à vous emmener.

Des chênes faisant cercle autour d'une fontaine,
Quelques hêtres épars, un vieux moulin désert,
Une source dont l'eau vive a le reflet vert
    De vos yeux de sirène;

Du silence, un air pur qu'on boit à pleins poumons,
Un horizon fermé par un champ de bruyère,
C'est tout ; — la vie aurait tenu là tout entière
    Pour nous qui nous aimons.

La mésange au matin, sous la feuille jaunie,
Aurait chanté pour nous, et la mer nuit et jour
Aurait accompagné nos caresses d'amour
    De sa basse infinie.

Sur ce sol où toujours la légende aux fleurs d'or
Pousse un nouveau bouton qui jamais ne se fane,
Où l'on rêve aux forêts où près de Viviane
    Merlin enchanté dort ;

Le men-hir, l'alouette ouvrant ses jeunes ailes,
Le pâtre qui chemine en chantant un vieux lai
Du temps du roi Grâlon, tout nous aurait parlé
    Des choses éternelles.

« Aimez ! » eût dit l'eau vive avec ce bruit si doux
Qu'elle fait en tombant au creux de la fontaine ;
« Aimez ! que votre amour soit fort comme le chêne
    Et vert comme le houx ! »

Les étoiles, témoins des soupirs de Genièvre,
Nous auraient dit : « Aimez ! » et l'écho de l'étang
Qui compta les baisers d'Iseult et de Tristan :
« Aimez à pleine lèvre ! »

Là, nous aurions vécu, le cœur tout près du cœur,
Oublieux, oubliés, et notre amour, mignonne,
Eût grandi dans ce coin de la terre bretonne,
La terre où rien ne meurt.

VII

TOAST.

De cidre écumant j'ai rempli mon verre,
Et je l'ai levé
Bien haut, vers le ciel, la mer et la terre ;
La liqueur dorait la coupe légère
De cristal gravé :

3

« Je bois à la Bretagne, à ses vertes presqu'îles
   Dont l'Océan houleux
Baigne le dur granit, et les grèves tranquilles,
   Et les ports populeux ;

« Au pays des dolmens et des forêts de hêtres,
   Où les hommes naïfs
Ont gardé le langage et l'habit des ancêtres
   Comme aux temps primitifs ;

« Aux filles dont l'œil bleu luit sous la coiffe blanche,
   Et qui montent le soir,
La cruche sur la tête et la main sur la hanche,
   Le sentier du lavoir ;

« Aux paysans pensifs laissant sur leur épaule
   Leurs cheveux pendre épars,
Aux blonds enfants qu'on voit sur les dalles du môle
   Bondir frais et gaillards !

« Je bois aux temps lointains, aux grands âges celtiques,
   Au vieil esprit qui dort
Dans la profonde nuit des pierres druidiques,
   Engourdi, mais non mort !

« Il renaîtra!... Je bois aux floraisons prochaines,
      Aux saisons où Merlin
Secouera son sommeil sous les branches des chênes;
      Je bois au clair matin

« Où l'oiseau du réveil, l'alouette joyeuse
      Dans les airs chantera,
Où, le front couronné de verveine et d'yeuse,
      La Gaule revivra!... »

De cidre écumant j'ai rempli mon verre,
      Et je l'ai levé;
Saluant le ciel, la mer et la terre,
J'ai vidé d'un trait la coupe légère
      De cristal gravé.

LES CONFITURES.

A la Saint-Jean d'été les groseilles sont mûres.
Dans le jardin vêtu de ses plus beaux habits,
Près des grands lis, on voit pendre sous les ramures
Leurs grappes couleur d'ambre ou couleur de rubis.

Voici l'heure. Déjà dans l'ombreuse cuisine
Les pains de sucre blancs, coiffés de papier bleu,
Garnissent le dressoir où la rouge bassine
Reflète les lueurs du réchaud tout en feu.

On apporte les fruits à pleines panerées
Et leur parfum discret embaume le palier;
Les ciseaux sont à l'œuvre et les grappes lustrées
Tombent comme les grains défilés d'un collier.

Doigts d'enfants, séparez sans meurtrir la groseille
Les pepins de la pulpe entr'ouverte à demi !
La douce ménagère, attentive, surveille
Ce travail délicat d'abeille ou de fourmi.

Vous êtes son chef-d'œuvre, exquises confitures !
Dès que l'été fleurit les liserons du seuil,
Après les longs travaux : lessives et coutures,
Vous êtes son plaisir, son luxe et son orgueil.

Que le monde ait la fièvre et que sa turbulence
Gronde ou s'apaise au loin, la tranquille maison
Toujours, à la Saint-Jean, voit les plats de faïence
Se remplir de fruits mûrs et prêts pour la cuisson.

Le clair sirop frissonne et bout; l'air se parfume
D'une odeur framboisée... Enfants, spatule en main,
Enlevez doucement la savoureuse écume
Qui mousse et perle au bord des bassines d'airain !

Voici l'œuvre achevé. La douce ménagère
Contemple fièrement les godets de cristal
Où la groseille brille, aussi fraîche et légère
Que lorsqu'elle pendait au groseillier natal.

Ses grappes maintenant bravent l'hiver... Comme elles,

La ménagère échappe aux menaces du temps;

La paix du cœur se lit dans ses calmes prunelles,

Et son front reste lisse et pur comme à vingt ans.

SOUVENIR.

A Léo Joubert.

Bien souvent j'y pense l'hiver!...
Je revois comme dans un rêve
La route escarpée et la grève
Où l'on entend gronder la mer.

Je vois la maison... Isolée,
Murs décrépis et volets clos.
Vers le seuil, de pâles bouleaux
Penchaient leur tête échevelée...

Hors du vieux logis, chaque soir,
Un homme glissait comme une ombre,
Et sur la route nue et sombre,
Comme une ombre venait s'asseoir.

Là, dans l'angoisse et dans l'attente,
L'oreille au vent, il écoutait,
Et la rafale lui portait
Les rumeurs de la mer montante.

Tout à coup, sur le grand chemin,
Le bruit sourd d'une diligence
Retentissait dans le silence...
Alors, saluant de la main,

Il se levait... Claire et joyeuse,
Tintait la chanson des grelots ;
Au galop de quatre chevaux
La voiture accourait, poudreuse.

L'homme, y plongeant un long regard,
Interrogeait chaque visage...
Personne !... Et le lourd attelage
Disparaissait dans le brouillard.

D'un air de tristesse inquiète
Il laissait retomber ses bras,
Puis, l'œil éteint et le front bas,
Regagnait sa maison muette.

Il revenait le lendemain;
Il revenait, infatigable,
Comme la mer qui, sur le sable,
Se traîne et sanglote sans fin.

Que le printemps fleurît la mousse,
Que l'hiver blanchît le fossé,
Il était là, toujours, poussé
Par sa folie étrange et douce.

Qu'attendait-il?... On l'ignorait.
Seule, la mer houleuse et noire
Peut-être savait son histoire,
Et seule gardait son secret.

Sur la mer profonde et sonore
Plus d'un être cher est parti,
Et plus d'un y reste englouti,
Que sa maison espère encore...

Je n'ai jamais su quel espoir
Ou quelle obscure tragédie
Secouait ton âme engourdie,
Pauvre fou!... Mais souvent, le soir,

J'y repense ; et, comme en un rêve,
Je vois la maison, les bouleaux,
L'homme immobile, et les chevaux
Fuyant dans la nuit qui se lève.

IN MEMORIAM

Pour le Tombeau de Théophile Gautier.

O poëte amoureux des formes lumineuses,
O maître, si j'avais en ce siècle bourgeois
A bâtir pour ta cendre un tombeau de mon choix,
Tu ne dormirais pas dans nos villes haineuses.

Ton tertre fleurirait aux pentes gazonneuses
Des forêts de l'Ardenne, où Shakspeare autrefois,
Sous la voûte sonore et verte des grands bois,
Faisait rire et chanter de blanches promeneuses.

Rosalinde y viendrait. Jacque, assis au revers
Du monument semé d'anémones pâlies,
Exhalerait sa verve et ses mélancolies.

Et doucement l'air bleu, le soleil, les beaux vers,
Traversant l'épaisseur de la ramure altière,
Iraient vers toi qui fus chant, couleur et lumière.

REPOSOIRS.

A Camille Fistié.

Quand juin répand les fleurs de ses pleines corbeilles :
Chèvrefeuilles, jasmins, lis et coquelicots,
Tous ces parfums mêlés à des chansons d'abeilles
De mes jeunes saisons réveillent les échos.

O mes clochers lorrains, j'entends vos sonneries !
Je vois la rue ombreuse et le ciel calme et bleu,
Les pavés jonchés d'herbe et de sauges fleuries,
Et les verts reposoirs dressés aux Fêtes-Dieu.

Dans un frais tourbillon de roses effeuillées
Et de vapeurs d'encens, les chappes aux plis lourds,
Les surplis blancs et les robes ensoleillées
Défilent aux sons lents et rhythmés des tambours.

Pénétrant et pareil à la senteur confuse
· Des fenouils et des buis dont le sol est semé,
Un mystique désir dans les âmes s'infuse,
Un vague et doux besoin d'aimer et d'être aimé.

Les fillettes d'hier, aujourd'hui demoiselles,
Dans leurs yeux mi-baissés ont un plus chaud rayon ;
La chrysalide s'ouvre, il lui pousse des ailes,
L'odeur des roses fait sortir le papillon.

Les bruns adolescents aux rêves encor vierges,
En les voyant passer, blondes, l'air ingénu,
Auprès des reposoirs tout étoilés de cierges,
Se sentent remués par un trouble inconnu.

Et dans leur cœur naïf, si facile à s'éprendre,
Ces pâles écoliers, timides et muets,
Dressent un reposoir mystérieux et tendre
Pour leur premier amour couronné de bluets ;

Une chapelle intime où l'image adorée
Sur un autel de lierre et de mousse des bois
Repose chastement, nuit et jour honorée
De fervents chapelets égrenés à mi-voix.

Ils y font tous les soirs des stations pieuses,
Ils en jonchent de fleurs le seuil tous les matins,
Et plus tard même, au cours des saisons orageuses,
Quand l'idole est tombée et les cierges éteints,

Quand ne résonnent plus les amoureux rosaires,
Autel du Souvenir, idéal reposoir,
Sur ta mousse fanée, aux jours anniversaires,
Leur pensée aime encor à venir se rasseoir.

Elle y pose son aile errante, et s'y recueille
Lorsque les carillons bourdonnant dans l'air bleu
Et les parfums épars des roses qu'on effeuille
Annoncent le retour joyeux des Fêtes-Dieu.

L'AMOUR AUX BOIS

UNE ONDINE.

Avec sa bouche aux coins rieurs
Et ses yeux verts qu'un regret baigne
De mélancoliques lueurs,
Elle a pris mon âme, elle y règne,
Et j'aime sa blonde beauté,
Faite de grâce et de fierté.

Elle est fantasque et violente,
Mais elle met dans un coup d'œil
Une caresse amollissante
Qui fond lentement mon orgueil,
Et sa voix d'enfant qui se fâche,
Sa voix boudeuse me rend lâche.

Tantôt douce comme une fleur,
Tantôt inflexible et hautaine,
Elle a des tendresses de sœur
Et des arrogances de reine ;
Sphinx adorable, esprit amer
Et fascinant comme la mer.

A la fois provocante et chaste,
Câline et froide tour à tour,
Par un mystérieux contraste,
Elle désire et craint l'amour ;
La volupté, comme une hermine,
Dort aux neiges de sa poitrine.

Est-ce le sommeil ou la mort?...
La charmeuse que j'aime est-elle
Une Ondine des lacs du Nord
Aux amours humaines rebelle?
Une Elfe aux blonds cheveux tressés
Avec des nénuphars glacés?...

Sa blancheur de vierge m'attire,
Le chant de sa voix m'a troublé,
Et je cherche sans cesse à lire,
Dans son cœur mobile et voilé,
L'énigme obscure, impénétrable,
Qui me captive et qui m'accable.

Avec sa bouche aux coins rieurs
Et ses yeux verts qu'un regret baigne
De mélancoliques lueurs,
Elle a pris mon âme, elle y règne,
Et j'aime pour l'éternité
Sa blonde et neigeuse beauté.

MYTHOLOGIE.

C'était au bois, en mars, et le merle sifflait.
Elle allait devant moi, délicate et mignonne,
Et sa main me montra dans l'ombre une anémone
Rose, auprès de ses sœurs blanches comme du lait.

Je lui contai la fable antique : — le filet
D'où s'élance le dieu que la haine aiguillonne,
Adonis qui se meurt et l'herbe qui fleuronne,
Empourprée, à la place où le sang pur coulait.

4

Elle écoutait... Soudain aux ronces de la haie
Son doigt meurtri saigna... Ma bouche sur la plaie
Comme un vin capiteux but la rouge liqueur...

Goutte à goutte, le sang tomba dans ma poitrine,
Et, comme aux temps lointains de la fable divine,
La pourpre fleur d'amour s'entr'ouvrit dans mon cœur.

AU BAL. .

L'orchestre joue un air plein de molles langueurs;
        Les couples enlacés tournoient;
En un bain de musique et d'extase les cœurs
        Et les regards brûlants se noient;

Et dans ce tourbillon jeune et voluptueux
        Je vois passer ma seule amie;
Un pâle nénuphar parmi ses blonds cheveux
        Entr'ouvre sa fleur endormie.

Blanche, rêveuse et chaste, au bras qui la conduit,
        Impénétrable, elle se livre;
De mouvements rhythmés, de musique et de bruit,
        Fière et muette, elle s'enivre.

Ses petits pieds légers effleurent le parquet
 Aux sons de la flûte câline,
Et les pétales blancs que sème son bouquet
 Viennent tomber sur ma poitrine.

Elle passe, et tandis que l'émanation
 De ses muguets remplit l'air tiède,
Un sauvage désir fait comme explosion
 Dans mon cœur jaloux et l'obsède.

Je voudrais la saisir dans mes bras, et pareil
 Au cavalier de la ballade,
L'emporter au galop loin du fol appareil
 De ce monde faux et malade;

M'enfuir au fond des bois où les papillons seuls
 Dansent sur les eaux des fontaines,
Où les sapins rêveurs et les calmes tilleuls
 Mêlent leurs salubres haleines;

Et là, dans le silence auguste et solennel
 De la renaissante verdure,
Boire sans fin le lait de l'amour éternel
 Au large sein de la Nature.

PREMIER SOLEIL.

Jeunes tous deux, elle charmante,
Ils erraient aux bois en hiver;
Sous sa voilette transparente
Luisaient ses yeux couleur de mer.

Dans la mousse et les feuilles sèches
Ils suivaient un étroit sentier,
Et sur leurs fronts pleuvaient les flèches
D'un soleil déjà printanier.

Pas une pousse verte encore
N'apparaissait dans le fourré;
Mais on voyait comme une aurore
D'avril dans le ciel bleu nacré.

L'oiseau pépiant sur la branche,
Les langueurs de l'air attiédi,
Le son des cloches du dimanche
Qu'apportait le vent du midi,

Tout ne formait qu'une harmonie...
Ils marchaient, et l'enivrement
De cette musique infinie
En eux pénétrait lentement.

Soudain pâlissante, alourdie,
Sa tête blonde s'inclina :
« Le soleil m'a presque étourdie, »
Fit-elle, et son corps frissonna.

Ses longs cils, comme une dentelle,
S'abaissèrent sur ses grands yeux.
« Ce n'est rien, poursuivons, dit-elle,
Je me sens forte, et je vais mieux... »

Sous la peau qui redevint rose
Le sang courut, son œil brilla,
Et sur sa bouche demi-close
Un sourire se réveilla.

Elle avait levé sa voilette,
Son sein tout ému palpitait;
Une senteur de violette
De son corsage ouvert montait...

Lui, rempli d'audaces nouvelles,
Fut tenté de mettre un baiser
Sur ces yeux aux claires prunelles...
Mais il s'arrêta sans oser.

Le baiser resta sur sa lèvre;
Il craignit de jeter d'abord
Cette note pleine de fièvre
Dans cet harmonieux accord,

Et sage, il sut avec délice
Savourer ce rare bonheur,
D'aspirer au bord du calice
Le parfum sans froisser la fleur.

DÉSIR D'AVRIL.

En plein bois, dans la profondeur
Où tremblent des lumières vertes,
Les muguets à l'exquise odeur
Balancent leurs grappes ouvertes.

Les muguets blancs m'ont enivré,
Et la voix du ramier qui chante
Au fond de mon cœur enfiévré
A mis un désir qui fermente.

Les blancs muguets couleur de lait
Et leur haleine parfumée
Ont évoqué dans la forêt
Ton cher fantôme, ô bien-aimée!

Tes bras ont leur douce pâleur,
Tes yeux sont verts comme leur tige,
Et, comme leur exquise odeur,
Tes baisers donnent le vertige.

Parmi les bois mélodieux
Qu'avril embaume et renouvelle,
Oh! de ta lèvre et de tes yeux
Goûter la caresse éternelle!...

LE VIN DE MAI[1].

Voici le Mai, le jeune mois !
Connais-tu la Reine des bois,
L'aspérule aux pâles fleurettes?
Vers la source aux miroirs tremblants
Où les chevreuils ont leurs retraites,
Elle étale ses bouquets blancs,
Bordés de vertes collerettes.

---

1. Liqueur qu'on prépare, en Lorraine et en Alsace, en faisant
infuser dans du vin blanc les fleurs de l'*aspérule odorante.*

Dès qu'elle éclôt dans les taillis,
Aux vignerons de mon pays
Sa fine odeur la recommande.
Sous les voûtes de leur caveau
Nos vieux buveurs, race gourmande,
Infusent dans le vin nouveau
L'aspérule qui sent l'amande.

Ce vin mousseux et parfumé,
Mignonne, c'est le Vin de mai.
Sa séve semble composée
D'aromes subtils et flottants :
Sucs de fleurs, gouttes de rosée...
Aux sources mêmes du printemps
On dirait la liqueur puisée !

Dès l'aube, allons par les chemins
Cueillir tous deux à pleines mains
Les blanches fleurs toutes mouillées ;
Et sous le toit hospitalier
Du garde des jeunes feuillées,
Versons le clair vin du cellier
Sur leurs tiges ensommeillées...

Le vin mousse... Le voilà prêt!
O bûcherons de la forêt,
Prêtez-nous vos coupes de hêtre
Qu'imprègne encor l'odeur du bois...
Salut à Mai qui vient de naître!
Je bois à ta beauté; je bois,
Mignonne, à l'amour, notre maître!

Déjà mes yeux sont fascinés
Par tes grands yeux illuminés.
Le loriot dans les clairières
Chante, et je crois entendre un chœur
De douces flûtes printanières,
Et je sens passer dans mon cœur
L'âme des plantes forestières!

Tout est joie et sérénité.
Les bruits de la grande cité,
Où la vie humaine est si dure,
Expirent sous les églantiers
Dont la forêt fait sa bordure...
A nous l'ombre, à nous les sentiers
Fuyant sous la haute verdure!

Les pommiers des bois, sur nos fronts,
Sèment par milliers leurs fleurons
Teints des nuances de l'aurore,
Et moi-même, joyeux semeur,
Sur tes lèvres je fais éclore
Mille baisers que la saveur
Du Vin de mai parfume encore.

SOUVENIR DU BAS-BRÉAU.

Les hêtres blancs et droits élancent haut leur voûte ;
A leurs pieds, la fougère et la mousse au passant
Offrent des lits moelleux où le sommeil descend
Lentement, comme un miel distillé goutte à goutte.

Une lumière, en pluie impalpable dissoute,
Répand sous la feuillée un jour phosphorescent
Où des papillons bruns monte l'essaim dansant,
Où le glauque lézard, tapi dans l'herbe, écoute...

Aucun bruit, si ce n'est, comme un rire flûté,
Le chant d'un loriot gourmand, mis en gaîté
Par l'espoir d'un hallier plein de cerises mûres.

Partout une ombre fraîche, et là-bas, tout au fond,
Dans l'entrelacement des confuses ramures,
De rares coins de ciel d'un bleu pur et profond.

JOIE DE VIVRE.

A Georges Lafenestre.

Le soleil de juillet s'élance à l'horizon,
Les martinets légers qui tournent dans la nue
Font retentir le ciel de leur claire chanson.

Une ombre fraîche et bleue emplit encor la rue,
Mais des pavés du seuil aux poutres du pignon,
Partout avec le jour la vie est revenue.

L'enfant s'éveille et rit dans son berceau mignon,
Des fruits roulent vermeils dans l'étroite embrasure
D'une échoppe, et là-bas, en nouant son chignon,

Près de sa vitre où tombe un rideau de verdure,
Une fille aux bras nus répète à haute voix
Les refrains familiers qu'un vieil orgue murmure.

Fuyons la ville! Viens, loin des murs et des toits,
Aux champs où la rivière épand sa nappe blanche;
Viens dans les prés en fleur, en plein air, en plein bois!

La séve en gommes d'or tremble aux nœuds de la branche,
La terre grasse exhale un parfum de santé.
Son sein gonflé de lait comme un ruisseau s'épanche.

Plénitude, salut! Forêts, fleuve argenté,
Blés verts, salut! Midi, roi des heures sereines,
Et toi, midi de l'an, pourpre et royal été,

Salut! vous répandez de fécondes haleines,
Et je sens par moments s'infuser dans mon sein
La gaîté de la source et la vigueur des chênes.

Oh! la santé, la joie et la force! L'essaim
Des rapides désirs et des jeunes pensées
Bourdonnant dans un corps harmonieux et sain!...

Heureuse l'alouette aux notes cadencées
Qui fuit allégrement en plein azur! Heureux
Les robustes nageurs, parmi les eaux glacées,

Dans la fraîcheur du bain trempant leurs bras nerveux !
Et près des peupliers aux frissonnants murmures,
Mille fois plus heureux encor les amoureux,

Qui marchent triomphants sous les molles ramures !
Ils montent vers les bois épanouis ; là-bas
Les taillis ont pour eux des champs de fraises mûres.

L'amour luit dans leurs yeux et sonne dans leurs pas,
Non point l'amour tremblant qui doute et qui soupire,
Mais le dieu qui n'a plus à livrer de combats,

Et qui, sûr de lui-même et sûr de son empire,
Sans désirs étouffés comme sans vains regrets,
N'est jamais las d'aimer, jamais las de le dire...

Les voici cheminant dans la paix des forêts.
En bas, la mousse étend ses tapis ; la ramée
Dresse là-haut ses toits mobiles et discrets.

Une lumière fine et tendre, clair-semée,
Allume doucement les regards de l'ami
Et glisse sur le cou frais de la bien-aimée.

Tout au loin, la futaie en s'ouvrant à demi,
Par-delà des rideaux de bruyère empourprée,
Laisse voir un étang sous les joncs endormi.

Voici la solitude et l'heure désirée
Des propos amoureux et des oaristys;
Les yeux cherchent des yeux la caresse adorée.

Ceux de l'ami sont bleus comme un myosotis,
Ceux de l'enfant sont bruns comme les scabieuses;
O charme des beaux yeux par l'amour assortis!

Regards éclos au fond des prunelles soyeuses,
Magnétiques regards l'un dans l'autre fondus,
Quel poëme dira vos extases joyeuses?

Ils s'aiment... Ruisselets sous les ronces perdus,
Enflez vos voix; fleurs d'or, entr'ouvrez vos calices;
Volez, bleus papillons aux branches suspendus;

Mollement et sans bruit, coulez, heures propices!
O volupté de vivre, ô volupté d'aimer,
Quel hymne redira vos intimes délices?...

Mais le temps fuit, le temps que nul ne peut charmer ;
Sous les arbres noueux de la forêt géante,
Vers l'occident, le ciel commence à s'enflammer.

Le couple, aux sons lointains d'une cloche qui chante,
S'éveille doucement de son oubli profond...
La blonde enfant rêveuse, émue et frémissante,

Sur le sein de l'ami laisse tomber son front
Et sourit; on entend palpiter sa poitrine
Dans le calme du soir que nul bruit n'interrompt.

Et tous deux lentement descendent la colline.
La tendresse à pleins flots déborde de leurs cœurs,
Et dans les près mûris dont l'herbe au vent s'incline,

Dans la gloire des fruits et la grâce des fleurs,
Les étoiles du ciel et la lune dorée
Qui monte ; dans les sons, les clartés, les odeurs,

Il bénissent la Vie éternelle et sacrée.

AMOUR OBSTINÉ.

Ceux qu'une volupté sans larmes
Nourrit d'un bonheur calme et doux,
Ceux-là ne savent pas tes charmes,
Amour, maître dur et jaloux!

Si tes plus exquises délices
Gardent quelque chose d'amer,
Tes orages et tes caprices
Sont attirants comme la mer...

Parfois la révolte me tente;
Je veux briser le fil vainqueur
Dont une fée ensorcelante
Enlace étroitement mon cœur.

Je pars, je vais chercher contre elle
Un refuge dans la forêt...
« Aide-moi, verdure nouvelle,
A rompre son magique attrait! »

Mais la lumière verdissante
Qui filtre sous les grands couverts
Me rappelle la fée absente,
L'ondine aux fascinants yeux verts.

Aux bouleaux sa grâce est pareille,
La source est l'écho de sa voix,
Je songe à sa bouche vermeille
Devant les framboises des bois.

Le ramier chante, et la cadence
Des roucoulements langoureux
Réveille en moi la souvenance
De nos caresses d'amoureux.

Les sauges et les marjolaines
Et les chèvrefeuilles rosés
Me parlent d'elle... Leurs haleines
Ont le parfum de ses baisers...

Je quitte la forêt sauvage,
Et las de mon effort viril,
Je retourne à l'ancien servage
Comme un banni revient d'exil.

A son joug charmeur je rapporte
Mon front lâche et mon cœur confus,
Et je vais heurter à sa porte,
Tremblant qu'elle ne l'ouvre plus.

LES CLOCHES.

Les bois sentent l'automne, et le sommeil profond
Des grands chênes baignés d'une lumière douce
Est à peine troublé par le bruit sourd que font
      Les glands mûrs tombant sur la mousse.

Mets ton front près du mien, pose ton corps lassé
Sur mon bras amoureux qui l'étreint comme un lierre
Et restons dans cette ombre où septembre a dressé
      Pour nous ses tapis de bruyère.

Demeurons-y blottis ensemble, ô chère enfant,
Comme au fond de leur nid obscur deux hirondelles,
Ou dans la coque verte et blanche qui se fend
      Deux brunes châtaignes jumelles.

Les yeux mi-clos, les mains dans les mains, sous les bois,
Savourons le lait pur des voluptés sereines,
Tandis qu'un vent léger nous apporte les voix
  Berceuses des cloches lointaines.

Les sons clairs tout remplis d'endormantes douceurs
Se fondent mollement dans notre extase... Écoute!
On dirait que leur chant limpide dans nos cœurs
  Filtre avec l'amour, goutte à goutte.

Je ne sais quoi de chaste et de plus amical
Pénètre en nous avec ces notes argentines,
Leur musique nous rend le charme virginal
  Des blondes saisons enfantines ;

Des saisons d'autrefois, sous le toit familier
Où grimpent des jasmins et des aristoloches,
Quand on est réveillé dans son lit d'écolier
  Par les voix sonores des cloches.

Vers ce passé brumeux je me crois revenu...
En écoutant vibrer ces voix aériennes,
Je crois depuis l'enfance avoir toujours tenu
  Tes petites mains dans les miennes.

Il me semble qu'alors, écoliers nonchalants,
Couchés comme aujourd'hui sur les mousses fleuries,
Nous suivons à travers les grands nuages blancs
    Le vol des claires sonneries;

Ou bien nous cheminons ensemble, aux Fêtes-Dieu,
Par les sentiers jonchés d'herbes que le pied froisse,
Tandis que tout là-haut bourdonnent dans l'air bleu
    Les carillons de la paroisse.

L'amour adolescent, frais comme un reposoir,
Vague comme un parfum d'encens qui s'évapore
Ou comme les soupirs de l'*Angelus* du soir,
    L'amour en nos cœurs vient d'éclore...

O mirage produit par ce pur timbre d'or,
Charme du rhychme lent, berceur et monotone!
C'est ce magique amour qui nous enchaîne encor
    Dans les bois qu'embaume l'automne.

C'est lui qui fait tourner comme vers un aimant
Mes désirs vers tes yeux pleins de moites caresses,
Et qui soumet mon cœur au fier commandement
    De tes lèvres enchanteresses.

Ah! qu'il plane longtemps sur nous, le jeune dieu!
Qu'il nous suive partout, au soleil et dans l'ombre,
L'été parmi les bois, l'hiver au coin du feu,
    Partout, durant des jours sans nombre!

Qu'il joigne encor nos mains et rapproche nos fronts,
Quand au fond du tombeau, comme sur ces bruyères, ·
Côte à côte étendus, nous nous endormirons
    Au chant des cloches mortuaires;

Et puissent dans le ciel nos âmes voyager,
Comme les sons jumeaux de ces cloches paisibles,
Qui s'en vont deux à deux avec le vent léger
    Vers les étoiles invisibles.

CHANSONS RUSTIQUES

LA VIGNE EN FLEUR.

La fleur des vignes pousse
Et j'ai vingt ans ce soir...
Oh! que la vie est douce!
C'est comme un vin qui mousse
En sortant du pressoir.

Je sens ma tête prise
D'ivresse et de langueur.
Je cours, je bois la brise...
Est-ce l'air qui me grise
Ou bien la vigne en fleur?

Ah ! cette odeur éclose
Dans les vignes, là-bas...
Je voudrais, et je n'ose,
Étreindre quelque chose
Ou quelqu'un dans mes bras !

Comme un chevreuil farouche
Je fuis sous les halliers ;
Dans l'herbe où je me couche
J'écrase sur ma bouche
Les fruits des framboisiers ;

Et ma lèvre charmée
Croit sentir un baiser,
Qu'à travers la ramée
Une bouche embaumée
Vient tendrement poser...

O désir, ô mystère !
O vignes d'alentour,
Fleurs du val solitaire,
Est-ce là, sur la terre,
Ce qu'on nomme l'amour?

BRUNETTE.

Voici qu'avril est de retour,
Mais le soleil n'est plus le même
Ni le printemps, depuis le jour
Où j'ai perdu celle que j'aime.

Je m'en suis allé par les bois.
La forêt verte était si pleine,
Si pleine des fleurs d'autrefois,
Que j'ai senti grandir ma peine.

J'ai dit aux beaux muguets tremblants :
« N'avez-vous pas vu ma mignonne? »
J'ai dit aux ramiers roucoulants :
« N'avez-vous rencontré personne? »

Mais les ramiers sont restés sourds,
Et sourde aussi la fleur nouvelle,
Et depuis je cherche toujours
Le chemin qu'a pris l'infidèle.

L'amour, l'amour qu'on aime tant,
Est comme une montagne haute :
On la monte tout en chantant,
On pleure en descendant la côte.

LÉGENDE[1].

Le brick n'eut pas sitôt sombré
Avec ses grands mâts et ses voiles,
Que tout le ciel fut éclairé ;
A la lueur de mille étoiles,
On vit sainte Azénor volant
Sur mer, ainsi qu'un goëland.

La sainte prit dans l'algue verte
Le capitaine à demi mort,
Et sur son aile large ouverte
Le conduisit droit jusqu'au port :

6

« Réveille-toi, beau capitaine,
Voici ta ville et ton domaine. »

Sitôt qu'il fut à son château,
Trois fois sur la porte fermée
Sa main fit sonner le marteau :
« Sèche tes yeux, ma bien-aimée,
Celui que tu croyais perdu,
Sainte Azénor te l'a rendu. »

TRIMAZO.

CHANSON DE MAI.

(Meuse et pays Messin.)

Nous avons gravi les premiers
   La pente des collines ;
Les blés étaient verts, les pommiers
   Neigeaient dans les ravines,
Les prés étaient comme un jardin,
Et l'herbe d'amour a soudain
   Fleuri dans nos poitrines.

Les ramiers des bois s'accouplaient
  Au creux des vieilles souches,
Tous les oiseaux rossignolaient
  Et semblaient moins farouches ;
Et comme une brise d'été,
Un soupir d'amour est monté
  De nos cœurs à nos bouches.

CHŒUR.

Voici le mai, le mois de mai !
Par la grâce des fleurs nouvelles
Que tout cœur dolent soit charmé ;
A la chanson des hirondelles
Que tout cœur aimant soit aimé !
Voici le mai, le mois de mai !

VIEILLE BALLADE.

Au retour de la guerre et tout poudreux encore,
Le bien-aimé heurtait à la porte sonore :

> « Pan! pan! — L'aube a rougi,
> Et ta porte est fermée;
> Viens ouvrir, bien-aimée,
>   A ton ami.
> Entends-tu l'hirondelle?
> N'as-tu donc pas, ma belle,
>   Assez dormi? »

Il entra ; mais l'enfant dans un froid lit de planches
Reposait, le front ceint de violettes blanches.

« Le sommeil a blêmi
Tes vives couleurs roses ;
Rouvre tes lèvres closes
Pour ton ami.
Écoute! le coq chante :
N'as-tu donc pas, méchante,
Assez dormi? »

Le cercueil de sapin gisait sur la civière ;
Lui n'y voulait pas croire, et penché vers la bière :

« Tu caches à demi
Ton front... Que peux-tu craindre?
As-tu donc à te plaindre
De ton ami?
Ah! réveille-toi vite!
N'as-tu, pauvre petite,
Assez dormi? »

On l'emportait. Déjà dans la nef blanche et noire
Les psaumes résonnaient... Il n'y voulait pas croire :

« Vois, le jour a grandi
Et le soleil boit l'ombre ;
Mais sans toi tout est sombre
    Pour ton ami !
Quand tout luit et bourdonne,
Quoi ! n'as-tu pas, mignonne,
    Assez dormi? »

Elle était dans la fosse, et lui doutait encore...
Quand le gravier bondit sur le cercueil sonore :

« Ah ! Dieu, tout est fini !
Au tombeau, mon aimée,
Qui t'a donc enfermée
    Sans ton ami?
Mourons, et qu'on m'enterre !
Mon âme a sur la terre
    Assez dormi. »

LES

PAYSANS DE L'ARGONNE

— 1792 —

A Coquelin cadet.

LES

PAYSANS DE L'ARGONNE.[*]

— 1792 —

Verdun s'était rendu. Serrés en noires lignes,
Les bataillons prussiens escaladaient nos vignes.
Vers l'Argonne, aux grands bois noyés dans les brouillards,
Ils s'avançaient nombreux, insolents et pillards,
Et les corbeaux, trompés par ces voix allemandes,
Se croyaient en famille et saluaient leurs bandes.
Tous se voyaient déjà triomphants, et, le soir,
Leurs généraux grisés par les vins du terroir
Taillaient la France entre eux comme un cerf qu'on démembre.
La route cependant était rude. Septembre
Versait à flots les pleurs de son ciel pluvieux,
Les fourgons dans la boue entraient jusqu'aux essieux,

Et les hommes juraient et faisaient triste mine,
Ayant au front la pluie, au ventre la famine.
Les bourgs étaient déserts ; les paysans lorrains
Cachaient dans les forêts leurs troupeaux et leurs grains,
Et, quand chez un fermier les fourrageurs avides
Arrivaient, l'écurie et la huche étaient vides...
Leurs premiers régiments, à demi morts de faim,
Avaient atteint Grandpré ; devant eux, à la fin,
L'Argonne se dressait, profonde, sombre et haute,
Quand un des espions rapporta qu'à mi-côte,
Dans un taillis coupé par des fossés bourbeux,
Des paysans s'étaient enfuis avec leurs bœufs.
D'abord ce fut un rauque et brutal cri de joie,
Puis en silence, et pour ne pas manquer la proie,
On cerna le taillis.

                    Au milieu des halliers,
Cent hommes environ, fermiers et journaliers,
Pâles, armés de faux et de vieilles épées,
Faisaient le guet, tandis qu'à l'entour des cépées,
Leurs grands bœufs ruminaient d'un air indifférent.
Tout à coup un rayon de soleil, éclairant
L'épaisseur du fourré, laissa voir sous les ormes
Les fusils des Prussiens et leurs noirs uniformes.

« A nous ! » dit un berger... Sa voix vibrait encor,
Quand un coup de mousquet l'étendit roide mort.
Ils étaient dix contre un; d'ailleurs que peuvent faire
De pauvres paysans contre des gens de guerre?...
On se rendit. Un chef écrivit le détail
Des parts que chacun d'eux avait dans le bétail,
Et leur remit, avec d'amères railleries,
Un bon sur le Trésor, payable aux Tuileries...
Puis en criant hourra ! les soldats deux à deux
Défilèrent, poussant le troupeau devant eux.
Les bœufs, en mugissant, et les génisses rousses
Tournaient le front d'un air plaintif, et leurs voix douces
Retentissaient au loin. Les paysans navrés
Les regardaient partir, muets, les poings serrés,
Et des larmes de feu brûlaient leur peau tannée...

Amour de la maison où notre race est née,
Haine de l'étranger qui vient prendre au pays
Le blé de ses sillons et le sang de ses fils,
Fier sentiment du droit écrasé par la force,
C'est vous qui pénétrez nos cœurs à rude écorce !
Nous ne comprenons rien, nous autres laboureurs,
Aux querelles des rois avec les empereurs,
Nous ne connaissons pas la gloire et ses chimères;

7

Mais nous savons que les enfants sont à leurs mères,
Que nos champs sont à nous, que le sang veut du sang,
Et nous nous soulevons comme un flot menaçant...

Les paysans, avec des pleurs dans les paupières,
Demeurèrent longtemps au milieu des bruyères.
Tout à coup, brandissant leurs faux, mêlant leurs voix,
Ils jetèrent un cri qu'au loin l'écho des bois
Répercuta comme un tonnerre, et, l'œil farouche,
La rage dans le cœur, la vengeance à la bouche,
Ils bondirent parmi les ronces des halliers
Comme un fauve troupeau de rudes sangliers.
Ils coururent ainsi jusqu'aux âpres falaises
Où les noirs charbonniers surveillaient leurs fournaises.
Tout un groupe vaillant vivait sur ces hauteurs :
Braconniers, bûcherons, hardis et fiers lutteurs.
Hors d'haleine, tremblant de hâte et de colère,
Le doyen des fermiers leur raconta l'affaire,
Et quand il eut fini, le maître charbonnier
Remplit sa poire à poudre et boucla son carnier.
C'était un grand vieillard aux traits durs et moroses,
Il avait vu beaucoup de pays et de choses,
Et savait lire : « Amis, leur dit-il, vengeons-nous,
Vengeons-nous dès ce soir !... Ces Prussiens sont des loups

Qui nous dévoreront, si nous les laissons faire.

Ils nous prendront jusqu'au dernier lopin de terre,

Ils viendront se gorger de notre vin vermeil

Et dégourdir leur sang à notre chaud soleil...

Nous sommes la lumière ; eux, ils sont les ténèbres !

Donc, en marche, et traquons à mort ces loups funèbres !

Je sais où doit passer un de leurs régiments.

Venez tous, et ce soir, contre les Allemands

Ce que nous défendrons, avec notre existence,

Ce sera le joyeux et libre sol de France ! »

Il dit et se leva. Son profil maigre et fier

Se découpait en noir sur le couchant d'or clair.

Ayant pris son fusil, il partit, l'air tranquille,

Comme pour une chasse, et derrière, à la file,

Dans un sentier bordé de genêts et de houx,

Graves, silencieux, ils le suivirent tous...

Ils marchaient, et la nuit tombait, et les nuées,

Où les éclairs perçaient de blafardes trouées,

Dans le ciel orageux amassaient leurs plis lourds.

L'averse ruisselait... Ils avançaient toujours.

Enfin le charbonnier sur le bord d'une pente

Fit halte, et, leur montrant la profondeur béante,

Murmura lentement : « C'est par là qu'ils viendront. »

Dans la roche un ravin s'ouvrait, et d'un seul bond
Descendait brusquement au fond d'une clairière.
Un torrent s'y creusait un étroit lit de pierre,   .
Et la route longeait à pic le cours de l'eau.
Du creux de ce couloir au sommet du plateau,
Selon l'effort du vent, la voix d'une cascade
Arrivait jusqu'aux gens placés en embuscade,
Tantôt comme un fracas de chevaux au galop,
Et tantôt comme un faible et limpide sanglot.

Les paysans avaient barricadé la route.
Ils attendaient, le cœur plein d'angoisse et de doute,
Lorsque, vers le ravin penchant son front noirci,
Le charbonnier leur dit : « Écoutez !... Les voici... »

En effet, à travers la pluie et la rafale,
On distinguait un bruit confus... Par intervalle
La rumeur s'accroissait. De brefs commandements
Retentissaient pareils à des croassements,
Et les éclairs faisaient briller les baïonnettes,
Et déjà des soldats les voix montaient plus nettes.
Le charbonnier cria : « Mort aux brigands !... A mort !.. »
Et ce fut le signal... Sur ces hommes du Nord
Les troncs d'arbres noueux et les quartiers de roche

Croulèrent, comme si l'Argonne, à leur approche,
Eût convulsivement secoué de son front
Les rocs et les forêts pour venger son affront.
Les grés lourds écrasaient les Prussiens par vingtaines.
« En avant! en avant! » hurlaient les capitaines
Avec d'affreux jurons, mais ils hurlaient en vain :
Les plus braves soldats tombaient dans le ravin,
Fous de peur, et mouraient avec un cri sauvage,
En songeant au clocher lointain de leur village.
Les rouges coups de feu se croisaient; les blessés
Râlaient en se tordant au revers des fossés...
« Et maintenant, mes fils, marchons à l'arme blanche ! »
Dit un vieux paysan...

                      Et comme une avalanche
De démons, dans la gorge on les vit se ruer,
Pour armes ayant pris tout ce qui peut tuer :
Le hoyau du sarcleur, le fléau de la grange
Et la serpe... Ce fut une sombre vendange,
Et les torrents gonflés, dans leur flot écumant,
Roulèrent plus d'un froid cadavre d'Allemand...

Lorsque tout fut fini, lorsque leur dernier homme,
Le front dans les roseaux, dormit son dernier somme,

Il se fit un silence. Alors, terrible et fier,
Debout sur le talus, tandis qu'un large éclair
Promenait sur les bois sa silhouette immense,
Le maître charbonnier cria : « Vive la France! »

AUX AVANT-POSTES

SOUVENIRS DU SIÉGE

— 1870-1871 —

LA CHAMBRÉE.

Nous voilà campés. La maison
Est une très-vieille demeure :
Escaliers en colimaçon,
Murs nus à donner le frisson,
Noirs corridors où le vent pleure.

Un singulier assortiment
De meubles garnit notre gîte,
Épaves qu'au dernier moment
Les hôtes, pleins d'effarement,
Laissèrent là pour fuir plus vite.

Parmi ces tranquilles débris
D'une vie heureuse naguère,
L'escouade, avec de grands cris,
S'installe et suspend aux lambris
Son bruyant attirail de guerre.

Au fond d'un fauteuil de coutil
Le caporal trône et pérore;
Jacob astique son fusil
Sur la huche, près du fournil
Où le pain cuisait dès l'aurore;

Sur le bord d'un bahut ancien
Où la ménagère peut-être
Jadis serrait son paroissien,
Un philosophe hégélien
Pose un des volumes du Maître.

La nuit vient, on fait le café.
La chambrée un moment s'apaise,
Et, du fond de l'âtre échauffé,
Un petit cri grêle, étouffé,
Se mêle aux rumeurs de la braise.

Le grillon chante. Il est resté,
Lui; ses refrains mélancoliques
Semblent au logis déserté
Parler de la félicité
Sereine des soirs pacifiques,

Des soirs où, content comme un roi,
Sur les genoux, à la même heure,
L'enfant dormait... Il chante, et moi
J'écoute, et je ne sais pourquoi,
Voilà qu'en l'écoutant je pleure.

Je songe à la paix des grands bois
Où les heures fuyaient si brèves;
Je crois entendre encor les voix
Des joyeux amis d'autrefois;
Et vers le bleu pays des rêves,

Sur l'aile de ce lent refrain,
Mon âme est comme soulevée...
Mais sur mon épaule, soudain,
Le sergent met sa lourde main :
« Holà! grogne-t-il, en corvée! »

COUCHER DE SOLEIL.

Un calme soir d'hiver. Le canon fait silence.
Sur le couchant rougi, les vieux arbres pensifs
Et les toits des maisons forment de noirs massifs
D'où le svelte clocher dans un ciel d'or s'élance.

Comme un chœur vaporeux de blanches visions,
Un pâle et fin brouillard ondule sur la plaine.
La cloche de Vitry mêle au bruit de la Seine
Le clair et lent soupir de ses vibrations.

Paix et sérénité partout!... On pourrait croire
Que rien ne s'est passé depuis l'hiver dernier,
Alors que ce village obscur et casanier
Vivait de son travail et n'avait pas d'histoire.

Paix dans la plaine grise et paix aux cieux pourprés,
Partout, hormis au cœur des pauvres camarades
Qui vont à la tranchée, et dont les escouades
S'enfoncent tout là-bas dans la brume des prés.

LA CONSIGNE.

Le caporal, d'un air digne,
Met son homme en faction
Sur la Seine : « Attention,
Dit-il, voici la consigne :

« Les Prussiens sont là... Morbleu!
Ouvre l'œil; vers la rivière
Si tu vois une lumière,
Ne bronche pas et fais feu! »

Le caporal rentre boire
Un doigt de rhum au *gourbi;*
Resté seul, l'homme ébaubi
Fouille des yeux la nuit noire.

Il est novice au métier.
Pauvre garçon frêle et mince,
Il enseignait en province
L'algèbre, l'été dernier.

Vint la guerre... Adieu, sciences !
Bien qu'il fût peu résolu,
Comme un autre il a voulu
Marcher... Mais quelles vacances !

Frissonnant, ne bougeant plus,
Il écoute, plein d'angoisse...
Rien, que la bise qui froisse
Les broussailles du talus.

Ces soupirs mélancoliques
Le font glisser, attendri,
Dans un rêve tout fleuri
De souvenirs pacifiques.

Il revoit son vieux logis,
Sa table où sommeille un livre,
Son fauteuil aux clous de cuivre,
Par l'âtre flambant rougis.

Ses yeux se ferment. Il songe
Qu'auprès d'un feu de sarment
Il ôte son fourniment,
Et qu'en son lit il s'allonge...

Un bruit l'éveille... O stupeur !
Est-ce un rêve ou la berlue?
Une lumière remue
A cent pas, dans la vapeur;

Errante, au bord de la berge
Elle jette un rayon bleu...
« Allons, ferme!... » Il tremble un peu
En armant son fusil vierge.

Il tire... Grande rumeur.
On accourt, on se démène,
On jure... Lui, sur la Seine
Montre l'étrange lueur...

A la fin tout se dévoile...
« Malheur! dit le caporal,
Il a fait feu, l'animal,
Sur le reflet d'une étoile! »

PARCE, DOMINE!

L'église du village est éclairée à peine,
Les mobiles de Brest et ceux d'Ille-et-Vilaine
Viennent à l'*Angelus* y prier en commun;
Car ils seront ce soir de grand'garde, et pas un
Ne veut aller là-bas sans un bout de prière.
L'aumônier, né comme eux dans les champs de bruyère,
Leur dit qu'il faut offrir un cœur pur au Dieu fort,
Et marcher en chrétien au-devant de la mort.
Et pour donner encore aux paroles du prêtre
Plus de solennité, le canon de Bicêtre
Fait trembler par instants les vitraux de la nef...
Tous entonnent alors, du soldat jusqu'au chef,

Le *Parce Domine,* ce grand cri que l'Église
Jette en pleurant vers Dieu dans les heures de crise.
« Épargnez-nous, Seigneur! » chantent ces paysans
Que l'aube reverra peut-être agonisants ;
Et tandis que leurs voix montent dans l'air humide,
Il me semble, au delà des cintres de l'abside,
Entendre les rumeurs d'une foule à genoux :
Femmes en deuil, enfants sans pères, vieux époux
Dont les fils sont perdus sous la pluie ou la neige,
Laboureurs qu'on rançonne et bourgeois qu'on assiége,
Toute la France enfin, lasse, blessée au cœur,
Et criant dans la nuit : « Épargnez-nous, Seigneur! »

LA DIANE.

A l'horizon neigeux et clair,
Frileuse et pâle sous son voile,
Voici l'aube d'un jour d'hiver.

On voit fuir la dernière étoile.
Artilleurs et soldats du train
Ont quitté leur tente de toile.

Déjà le café du matin,
Auprès d'un grand feu qui s'allume,
Cuit dans les gamelles d'étain.

Un garde émerge de la brume,
Ployé sous deux bidons pleins d'eau
Puisée à la Seine qui fume.

Enveloppés dans leur manteau,
Et chevauchant comme au manége,
Deux canonniers, sur un traîneau,

Mènent une pièce de siége ;
L'attelage, fier et puissant,
Se détache en noir sur la neige.

Cependant le jour va croissant ;
Dans l'air sonore et diaphane
Un bruit monte retentissant.

Clairons, tambours : c'est la diane.
Sur les bivouacs blancs de frimas
Un souffle actif et jeune plane.

Le soleil se lève là-bas
Dans une poussière irisée ;
L'azur a des teintes lilas,

La terre semble une épousée...
Soudain dans ce ciel virginal
La bombe, comme une fusée,

Fend de nouveau l'air matinal ;
Le soldat, farouche manœuvre,
Ressaisit son outil brutal,

Et la Mort se remet à l'œuvre.

LA VEILLÉE DE NOËL.

Le froid pique. Il est nuit. La lune mi-voilée
Jette un pâle rayon sur la Seine gelée.
L'arme au bras et les doigts par la bise transis,
Je fais ma faction sur le bord du glacis...
Pas un cri dans les champs neigeux où le vent pleure.
Et pourtant c'est demain Noël, et voici l'heure
Où, dans les temps de paix et de prospérité,
C'était fête à-l'église et fête à la cité ;
Où, des villes aux bourgs et des bois aux prairies,
L'air résonnait du chant des claires sonneries.
Pas un bruit... Seul, là-bas, par instants, un màrin
Sur une canonnière entonne un lent refrain,

Rustique souvenir de sa lande bretonne...
Et, tristement bercé par ce chant monotone,
Je songe à ma province, à mon petit pays
Où le Prussien commande ; aux foyers envahis
Où seuls, traînant le sabre et portant haut la tête,
Ce soir, dans nos maisons, les vainqueurs sont en fête.
Je vois mes vieux parents assis au coin du feu :
Près d'eux la table ronde et la lampe au milieu,
Et le souper servi qui fume sur la nappe...
Le pain, des doigts tremblants de mon père s'échappe,
Et tandis qu'au dehors le gros rire allemand
Au seuil des cabarets retentit lourdement,
Ma mère, en entendant tourbillonner la neige,
Songe à son fils, perdu dans Paris qu'on assiége,
A l'enfant que Noël ramenait au logis...
Un nuage de pleurs monte à ses yeux rougis,
Et du frugal souper chaque amère bouchée
S'attache, douloureuse, à sa gorge séchée.

EN MONTANT A BUZENVAL.

« Première compagnie, en avant!... » Sur deux lignes,
Sac au dos, lentement, parmi des champs de vignes,
Nous grimpons vers le bois frissonnant et fangeux
Qui se détache en noir sur un grand ciel neigeux.
Nous sommes tous peu faits à ce pas militaire,
Et comme le dégel a détrempé la terre,
Nous trébuchons parfois, mais chacun se roidit,
Car on entend le plomb siffler, et l'on se dit
Qu'il faut agir en homme et montrer son courage.
Pourtant, quand les obus commencent leur tapage,
Je me sens secoué par un frisson nerveux;
Et songeant que la mort peut me prendre, je veux

Avec recueillement penser à ceux que j'aime,

Et les envelopper dans un adieu suprême...

Mais la marche, le sac trop lourd, les temps d'arrêt,

Détournent mon esprit ou le laissent distrait.

Je ne suis travaillé que d'une seule idée :

Tenir bon, sans glisser dans la terre inondée.

Pour avancer, tandis que je fais un effort,

Un de mes compagnons chancelle et tombe mort.

C'est le premier. La balle a traversé la tempe.

Ce corps, que la pensée éclairait de sa lampe,

S'affaisse lourdement dans la boue et s'éteint.

L'agonie a déjà décoloré son teint.

La bise matinale a parsemé de givre

Sa barbe aux fils soyeux et blonds ; on y peut suivre

Le passage glacé de son dernier soupir...

« En avant ! en avant ! » Il faut laisser croupir

Dans un sillon boueux le pauvre camarade,

Et marcher droit au mur d'où part la fusillade...

Cependant, arrivé près du sinistre bois,

Je fais halte et regarde une dernière fois

Le jeune mort couché dans sa capote grise,

Dont le drap léger flotte au souffle de la bise.

APRÈS LA GUERRE.

Les mois sanglants, les sombres mois
Sont passés ; l'automne embaumée
Est de retour, et dans nos bois
Nous revenons, ma bien-aimée.

Entre les rameaux verts encor
Rit un ciel doux comme la soie,
Et dans de chaudes vapeurs d'or
Le coteau de Sèvres se noie.

Par la mousse humide assourdis,
Nos pas glissent sous les ramures,
Et dans l'herbe, comme jadis,
Nous glanons des châtaignes mûres.

Tout nous charme et nous réjouit;
Les bouleaux, les fils de la Vierge,
Le chardon qui s'épanouit,
Svelte et flamboyant comme un cierge.

Ce bois, par l'obus respecté,
Ce léger feuillage qui tremble,
Nous savourons la volupté
De nous y retrouver ensemble.

O bonheur, pénétrant et doux,
De se serrer l'un près de l'autre,
Et de se dire : « C'est bien nous ;
Ce chemin creux, c'est bien le nôtre !

« C'est là qu'en mars nous venions voir
S'ouvrir les anémones blanches ;
C'est ici que luisaient, le soir,
Les étoiles parmi les branches... »

Mais tandis que nous triomphons,
Ivres d'une extase égoïste,
Le jour baisse, les bois profonds
Se voilent d'une brume triste.

Le vent d'automne sur l'étang
Fait frémir les joncs et les prêles,
Et dans l'ombre grise on entend
Comme un sourd frissonnement d'ailes.

Bruit étrange!... Est-ce au vent du nord
Une feuille sèche qui tombe,
Ou la plainte d'un soldat mort,
Héros obscur, martyr sans tombe?...

Ce murmure, lent comme un glas
Et voilé comme un deuil de veuve,
Semble dire : « N'oubliez pas,
Vous qui survivez à l'épreuve.

« N'allez pas croire tout sauvé,
Dès que les cieux sont pacifiques ;
Votre péché n'est pas lavé
Dans le sang des morts héroïques.

« En tombant, les morts ont payé
Leur part des communes faiblesses ;
Mais vous n'avez rien expié,
Vous, complices des jours d'ivresses.

« Souvenez-vous !... De l'aube au soir,
Et de l'hiver sombre à l'automne,
Que leur spectre, vêtu de noir,
Vous harcèle et vous aiguillonne.

« Sur leur ossuaire jauni
Faites pousser une semence
Meilleure... Leur œuvre est fini,
O vivants, le vôtre commence ! »

PRIÈRE DANS LES BOIS

PRIÈRE DANS LES BOIS.

Ce soir, je suis allé rêver dans le grand bois.
Les oiseaux l'emplissaient de leur gaîté bruyante.
Couronné de muguets comme aux jours d'autrefois,
Le printemps y menait sa fête verdoyante.

Et je me suis laissé tomber à deux genoux
Dans la mousse, parmi les boutons près d'éclore :
« Quand nous sommes en deuil, pourquoi fleurissez-vous,
O muguets? Rossignols, pourquoi chanter encore?

« Le pays a perdu sa joie et sa fierté.
Les Teutons ont saigné la France aux quatre veines,
Et le peu de sang pur qui nous était resté,
Nos propres mains l'ont fait ruisseler par les plaines.

« Libres oiseaux, chantez pour les peuples heureux,
L'allégresse n'a plus de place en notre histoire ;
Notre orgueil est à terre, ô chênes vigoureux,
Verdissez pour les fronts des peuples pleins de gloire.

« Avec votre gaîté pourquoi leurrer nos cœurs ?...
Comme des histrions sous leurs faux diadèmes,
Grimaçant un sourire et fardant nos laideurs,
Nous nous sommes menti trop longtemps à nous-mêmes.

« Arbres à qui le vent livra plus d'un assaut,
Limpidité des eaux qu'aucun limon n'altère,
Simplicité des fleurs, apprenez-nous plutôt
Le secret d'être digne et l'art d'être sincère !

« Mais surtout, ô forêt ! toi dont les jeunes voix
Célèbrent du printemps la féconde victoire,
Apprends-nous, ombre aimante et profonde des bois,
Comment il faut aimer et comment il faut croire !

« La foi des anciens jours, sous nos rires amers,
Se fond comme une perle au mordant des acides,
Et nous demeurons seuls, parmi nos champs déserts,
Sans amour et sans dieux, le cœur et les mains vides.

« Nous avons tout raillé : le juste et l'idéal,
La vieillesse qui pleure et l'enfance qui joue ;
Nos idoles à peine avaient un piédestal,
Que nous les renversions nous-mêmes dans la boue.

« Un soir, comme Samson aux pieds de Dalila,
Nous nous sommes gaîment endormis sur nos tâches,
Et quand on a crié : « Les Philistins sont là ! »
Nos bras étaient sans force et nos cœurs étaient lâches... »

J'ai prosterné mon front dans l'herbe du ravin,
Et j'ai dit : « Toi qui fais vibrer dans la ramure
Je ne sais quoi de tendre et de presque divin,
Toi par qui la fleur s'ouvre et la brise murmure,

« Puissance qu'un grand voile enveloppe à jamais,
Source mystérieuse où l'univers vient boire,
Souffle éternel qui va des vallons aux sommets
Et des cieux à la mer, Dieu caché, fais-nous croire !

« Donne-nous, pour tenter notre suprême effort,
Un peu de la candeur de cette vieille veuve
Qui chemine là-bas sous son faix de bois mort,
Et que son chapelet console dans l'épreuve.

« Nous avons perdu tout du soir au lendemain :
Nos provinces, notre or et le sang de nos hommes ;
Rends-nous la foi, mets-nous cette lampe à la main,
Pour sortir du marais ténébreux où nous sommes!

« Comme ces chevaliers qui cherchaient le Saint-Grâl
Hors des sentiers battus que le vulgaire assiége,
Pousse-nous vers la cime ardue où l'idéal
Épanouit sa fleur d'azur parmi la neige...

« O fier enthousiasme, essor des nobles cœurs,
Léger comme au matin l'alouette sonore,
Nous remporteras-tu jamais sur les hauteurs?
Ta chanson du réveil, l'entendrons-nous encore? »

Tandis que je rêvais sous les arbres touffus,
Le couchant s'éteignait, l'ombre tombait plus ample,
Les hêtres y noyaient la pâleur de leurs fûts,
Et la grande forêt paraissait comme un temple.

Tout dormait : le grillon dans l'herbe, et le linot
Sous la feuille... Un soupir traversa le silence ;
Un étrange soupir, triste comme un sanglot
Et doux comme un espoir, jaillit de l'ombre immense.

Je quittai la forêt pris d'un pieux frisson,
Et de même qu'on voit surgir de blanches voiles
Sur la lointaine mer, je vis à l'horizon
Monter dans le ciel pur les premières étoiles.

Mai 1871.

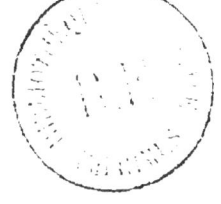

TABLE

	Pages.
Au lecteur..	1

INTERIEURS ET PAYSAGES

		Pages.
La Grand'tante.		5
Une Nuit de printemps.		7
Neiges d'antan.		15
Veillée d'automne.		19
En Bretagne.		25
I.	L'Allée de Ploa-ré.	25
II.	Les Paysans.	27
III.	La Lande Saint-Jean.	29
IV.	Douarnenez.	31
V.	Le Pardon de Ker-laz.	33
VI.	Le vallon de Tréboul.	35
VII.	Toast.	37

	Pages.
Les Confitures.	41
Souvenir.	45
In memoriam.	49
Reposoirs.	51

L'AMOUR AUX BOIS.

Une Ondine.	57
Mythologie.	61
Au bal.	63
Premier soleil.	65
Désir d'avril.	69
Le Vin de mai.	71
Souvenir du Bas-Bréau.	75
Joie de vivre.	77
Amour obstiné.	83
Les Cloches.	87

CHANSONS RUSTIQUES.

La Vigne en fleur.	93
Brunette.	95
Légende.	97
Trimazo.	99
Vieille ballade.	101

LES PAYSANS DE L'ARGONNE. 105

AUX AVANT-POSTES.

	Pages.
La Chambrée.	117
Coucher de soleil.	120
La Consigne.	122
Parce, Domine.	125
La Diane.	127
La Veillée de Noel.	130
En montant a Buzenval.	132
Après la guerre.	134

PRIÈRE DANS LES BOIS. | 139

IMPRIMÉ PAR J. CLAYE

POUR

A. LEMERRE, LIBRAIRE

A PARIS.

POÉTES CONTEMPORAINS.

Volumes in-18 jésus imprimés en caractères antiques sur beau papier vélin.
Chaque volume, 3 fr.

JEAN AICARD	Les Jeunes Croyances	1 vol.
— —	Rébellions, Apaisements	1 vol.
J.-E. ALAUX	Les Tendresses humaines	1 vol.
THÉODORE DE BANVILLE	Les Exilés	1 vol.
— —	Nouvelles Odes funambulesques	1 vol.
EMILE BERGERAT	Poèmes de la guerre	1 vol.
C. ROBINOT - BERTRAND	La Légende rustique	1 vol.
— —	Au bord du fleuve	1 vol.
EMILE BLÉMONT	Poèmes d'Italie	1 vol.
ARTHUR DE BOISSIEU	Poésies d'un passant	1 vol.
F. BOISSONNEAU	Echos & Reflets	1 vol.
PHILOXÈNE BOYER	Les Deux Saisons	1 vol.
ALFRED BUSQUET	Représailles	1 vol.
HENRI CAZALIS	Melancholia	1 vol.
FÉLIX CELLARIER	Paris délivré	2 vol.
CAMILLE CHABANEAU	Poésies intimes	1 vol.
ALEXIS DE CHABBE	Boutades sur l'amour & le mariage	1 vol.
FRANÇOIS COPPÉE	Premières Poésies	1 vol.
— —	Poèmes modernes	1 vol.
— —	Les Humbles	1 vol.
EMILE CORRA	Jours de Colère	1 vol.
PAUL DELAIR	Les Nuits & les Réveils	1 vol.
EMILE DESCHAMPS	Poésies complètes	2 vol.
LÉON DIERX	Les Lèvres closes	1 vol.
ELIE POURÈS	Ondeline	1 vol.

Paris. — J. CLAYE, imprimeur, 7, rue Saint-Benoît. — [1352]

www.ingramcontent.com/pod-product-compliance
Lightning Source LLC
Chambersburg PA
CBHW070814250626
47170CB00006B/2104